AF324904

VENTE AUX ENCHÈRES PUBLIQUES
HOTEL DROUOT

Le Jeudi 11 Juin 1903, SALLE Nº 10
Le Vendredi 12 Juin 1903, SALLE Nº 9

A 2 HEURES 1 2

Collection de M. L...

PORCELAINES ET FAIENCES

Saxe, Delft, Chine

Japon, Rouen, Tournai, Saincy, etc.

AQUARELLES — TABLEAUX

BIJOUX ANCIENS

Armes — Médailles — Objets de vitrine

LIVRES

Meubles de style et objets mobiliers divers

Mᵉ Lucien DESCHAMPS | M. GUÉRINEAU
COMMISSAIRE-PRISEUR | EXPERT
73, rue de Provence, Tél. 303-71 | 6, rue d'Aumale, Téléph. 270-52

EXPOSITION PUBLIQUE

Le Mercredi 10 Juin 1903, SALLE Nº 10

DE 2 HEURES A 6 HEURES

PARIS. — Imp. C. CHAUFFOUR

8-10, rue Milton

Paris. — Impr. C. Chaufour, 8-10, rue Milton.

DESIGNATION

OBJETS DE CÉRAMIQUE

1 — Un service pot et cuvette en porcelaine de Chine décorée.

2 — Deux lampes en porcelaine du Japon, forme gourde ancienne montées sur pieds en bronze.

3 — Une lampe en porcelaine de Chine, décor polychrome sur couverte.

4 — Une jardinière ancienne faïence de Rouen restaurée.

5 — Une jardinière décor Japon.

6 — Grand plat ancienne faïence de Delft.

7 — Jardinière porcelaine de Chine, décor vert et rose.

8 — Deux potiches en porcelaine du Japon, montées sur pied bois noir.

9 — Un porc en faïence vernie.

10 — Deux bols porcelaine du Japon forme octogonale.

11 — Deux beurriers porcelaine du Japon.

12 — Six tasses et soucoupes porcelaine du Japon.

13 — Six tasses et soucoupes porcelaine Chine et Japon.

14 — Quatre bols et soucoupes diverses.

15 — Six tasses et soucoupes.

16 — Lot de tasses et soucoupes dépareillées.

17 — Théière cuivre émaillé décor rose et bleu.

18 — Deux potiches porcelaine à pieds ajourés et une théière.

19 — Trois beurriers porcelaine de Chine et Japon.

20 — Un vase, un sucrier, un pot à lait porcelaine de Chine et Japon.

21 — Deux potiches faïence Imari.

22 — Deux petites potiches cloisonnées, une potiche Chine, trois théières diverses.

23 — Deux assiettes porcelaine allemande marlis ajourés.

24 — Service à thé, six pièces porcelaine du Japon.

25 — Dix assiettes diverses.

26 — Dix assiettes diverses.

27 — Quatre assiettes diverses.

28 — Deux plats carrés en porcelaine de Saxe

29 — Grand plat en ancienne porcelaine de Chine.

30 — Grand plat porcelaine du Japon ancienne.

31 — Grand plat porcelaine du Japon ancienne.

32 — Deux grands plats, un petit, décor Japon.

33 — Deux plateaux hexagonaux, porcelaine du Japon.

34 — Cinq assiettes porcelaine décor Japon.

35 — Trois assiettes en ancienne porcelaine du Japon.

36 — Quatre assiettes dépareillées anciennes porcelaine du Japon.

37 — Six assiettes ancienne porcelaine du Japon décor bleu et rose.

38 — Deux assiettes ancienne porcelaine du Japon à marli guilloché.

39 — Trois assiettes ancienne porcelaine de Chine, famille verte.

40 — Un plateau porcelaine de Chine, décor polychrome.

41 — Trois plateau Chine décors divers.

42 — Une soupière porcelaine du Japon.

43 — Une jatte porcelaine de Chine.

44 — Trois plats anciens porcelaine de Chine polychrome.

45 — Cinq plats anciens, porcelaine de Chine décor bleu foncé.

46 — Trois jattes en ancienne porcelaine du Japon.

47 — Six plats ou assiettes porcelaine Chine polychrome.

48 — Deux grands plats, deux petits, décor Japon.

49 — Une jatte Japon polychrome.

50 — Un grand plat et un petit en ancienne faïence de Perse.

51 — Deux petites assiettes en ancienne faïence hispano-arabe.

52 — Trois assiettes ancienne porcelaine de Japon.

53 — Sept assiettes porcelaine de Chine.

54 — Deux assiettes, ancienne porcelaine de Chine.

55 — Trois plats anciens, faïence italienne marli ajouré.

56 — Deux assiettes faïence de Milan ancienne.

57 — Deux petites jattes ancienne porcelaine de Chine.

58 — Deux assiettes porcelaine de Chine.

59 — Trois assiettes ancienne porcelaine de Chine.

60 — Trois plateaux porcelaine Japon polychrome.

61 — Deux jattes ancienne porcelaine de Chine.

62 — Dix soucoupes variées porcelaine Chine et Japon.

63 — Deux petites assiettes ancienne faïence de Tournai à marli guilloché.

64 — Deux petits plateaux hexagonaux ancienne faïence de Chine.

65 — Un grand plat faïence, décor Urbino.

66 — Trois soucoupes, ancienne porcelaine du Japon.

67 — Trois plats ancienne faïence de Rouen à la corne.

68 — Deux potiches ancienne faïence de Delft.

69 — Deux potiches porcelaine de Chine, polychrome.

70 — Un saladier, ancienne faïence de Saincy.

71 — Trois plats, ancienne faïence de Delft, décor bleu.

72 — Trois plats, ancienne faïence de Delft, décor polychrome.

73 — Un plat, ancienne faïence de Delft, décor fond crème, fleurs d'eau.

74 — Six assiettes, ancienne faïence de Delft, décor polychrome.

75 — Six assiettes, ancienne faience de Delf, décor polychrome.

76 — Six assiettes, ancienne faïence de Delft, décor polychrome.

77 — Deux plats, ancienne faïence de Delft, décor polychrome.

78 — Six assiettes, ancienne faïence de Delft, décor polychrome.

79 — Six assiettes, ancienne faïence de Delft, décors divers.

80 — Trois assiettes, ancienne faïence de Delft, décors divers.

81 — Une jatte, ancienne faïence de Delft, décor Japon.

82 — Une jatte, faïence de Nevers, monture bronze.

83 — Deux potiches, vieille faïence de Nevers, décor italien.

84 — Une potiche Delft, faïence.

85 — Une jardinière en faïence, décor bleu.

86 — Un vase octogonal en vieille porcelaine de Saxe.

87 — Une jatte en vieille porcelaine du Japon restaurée.

88 — Six assiettes, vieux Nevers, décors divers.

89 — Six assiettes, vieux Nevers, décors divers.

90 — Six assiettes porcelaines et faïences diverses.

91 — Sept jattes, faïences et porcelaines diverses.

92 — Un plat long octogonal, faïence genre vieux Rouen.

93 — Un porte-bouquet et quatre assiettes diverses.

94 — Un chandelier, vieux Moutier.

95 — Un lot faïences diverses modernes.

96 — Six pièces faïences diverses.

97 — Six pièces porcelaines et faïences modernes.

98 — Deux potiches en porcelaine de Saxe.

99 — Un chocolatier en porcelaine de Saxe.

100 — Un grand plat en porcelaine de Saxe.

101 — Un grand plat, porcelaine de la Compagnie des Indes.

102 — Sept pièces vieux Strasbourg, plats et assiettes.

103 — Six assiettes, vieille faïence de Strasbourg.

104 — Six assiettes, vieille faïence de Marseille.

105 — Six assiettes, vieille faïence de Strasbourg.

106 — Six assiettes, vieille faïence de Marseille.

107 — Trois biches en vieille porcelaine de Vienne.

108 — Trois assiettes dépareillées, ancienne porcelaine de Chine.

109 — Trois assiettes, vieille faïence de Lunéville.

110 — Deux plats, ancienne faïence de Strasbourg.

111 — Une théière en ancienne porcelaine du Japon, polychrome.

112 — Une potiche, ancienne faïence de Moutiers.

113 — Cinq jattes diverses en porcelaines de Chine et du Japon.

114 — Six jattes diverses en porcelaine de Chine et du Japon.

115 — Une théière, ancienne porcelaine de Chine, famille verte.

116 — Une théière, ancienne porcelaine de Chine, famille rose.

117 — Une théière, ancienne porcelaine de Chine, polychrome.

118 — Une théière, ancienne porcelaine du Japon, polychrome.

119 — Une théière, ancienne porcelaine de Berlin, couvercle restauré.

120 — Une théière, **ancienne porcelaine** de Nancy.

121 — Une théière, ancienne porcelaine de la Chine.

122 — Un petit pot à lait en porcelaine de Dusseldorff.

123 — Un pot à lait, porcelaine vieux Berlin.

124 — Trois tasses, trois soucoupes, porcelaine allemande ancienne.

125 — Deux sucriers, une boîte à thé en vieille porcelaine de Munich.

126 — Trois tasses et soucoupes, ancienne porcelaine d'Allemagne

127 — Deux potiches ajourées, décor Japon avec socle bois.

128 — Une magotte en porcelaine du Japon, montée socle bois.

129 — Deux cornets japonais cloisonnés.

130 — Une cuvette, un pot à eau en faïence vieux Rouen.

131 — Une cuvette vieux Nevers.

132 — Deux potiches en vieille porcelaine de Chine.

133 — Six pièces porcelaine et faïence Chine et Japon.

134 — Amour et carquois, vieille faïence de Nancy.

135 — Deux assiettes faïence de Marseille ancienne, une jatte Chine, une petite assiette Chine pans coupés.

136 — Une théière Chine en panier, quatre cornets faïence.

137 — Une théière Japon ancienne.

138 — Douze pièces objets divers de vitrine.

139 — Dix pièces objets divers de vitrine.

140 — Quatre gobelets verre ancien, un lot morceau verre.

141 — Deux carafes gravées Vénitienne.

142 — Un porte-bouquet polychrome, vieux Venise.

143 — Verre vieux Venise.

144 — Vasque en bronze, gravé Persane ancienne et socle bois.

145 — Un beurrier faïence de Lorraine, deux pots à tabac Chine.

146 — Une théière, une tasse et soucoupe porcelaine de Wedgwood noire.

BIJOUX

OBJETS DIVERS DE VITRINE

147 — Un lot minerais, agathes, cristal de roche, pierres diverses.

148 — Deux-bas relief bronze d'après CLODION.

149 — Deux panneaux Tonkinois et une petite plaque galvanisée.

150 — Un nécessaire de bureau en marbre des Pyrénées et son écrin.

151 — Quatre pieds bois noir divers.

152 — Quatre pieds bois noir divers.

153 — Encensoir métal, avec chaine.

154 — Décoration orientale, croix et écrin.

155 — Cinq éventails Japonais.

156 — Eventail écaille monture dorée.

157 — Eventail noir sculpté à jour.

158 — Eventail Japonais en os sculpté.

159 — Ivoire Japonais ancien.

160 — Deux ivoires Japonais ancien.

161 — Deux ivoires tête de mort et grenouille.

162 — Un pendentif ivoire et corail ancien.

163 — Deux pendentifs corail.

164 — Lot d'objets divers anneau en Jade, pierre, etc., etc.

165 — Trois armes de supplice.

166 — Petit bronze renard et grenouille.

167 — Petit poignard lapis-lazuli monture argent sa gaine.

168 — Deux candélabres en verre de Venise.

169 — Un bol et cinq pièces verre Venise.

170 — Deux cornets un pied, une veilleuse verrerie.

171 — Deux flacons monture argent.

172 — Deux sécateurs anciens.

173 — Deux flacons odeur et sel.

174 — Une timbale ancienne, argent, de l'époque Louis XV.

175 — Ciboire métal argenté.

176 — Petite boîte forme sarcophage Egyptien.

177 — Drageoir vermeil de style Egyptien.

178 — Trois drageoirs argentés anciens, Louis XV et Louis XVI.

179 — Deux drageoirs argentés anciens Louis XV.

180 — Deux tabatières argent anciennes Louis XVI.

181 — Deux porte-allumettes anciens en argent

182 — Deux porte-allumettes anciens en argent.

183 — Châtelaine, flacon à sel, médaille, memo-
randum argent.

184 — Châtelaine argent, deux flacons à sels.

185 — Une boîte ancienne à compartiments. Style
Louis XVI.

186 — Porte-allumettes anneau argent et drageoir
argent et nacre.

187 — Miroir de poche argent. Epoque Louis XV
à deux glaces.

188 — Miroir de poche argent ancien à une glace
initialée.

189 — Nécessaire de dame, monture en or et étui
en palissandre.

190 — Deux cueillers de laboratoire, ancien
argent.

191 — Cinq cueillers anciennes en argent, style
Renaissance.

192 — Quatre boîtes diverses en écaille et partie
argent.

193 — Trois petites boîtes reliquaires et médaillon argent et nacre.

194 — Drageoir ancien en corne blonde, lapis-lazuli monture noir.

195 — Monture de sac argent Louis XVI.

196 — Châtelaine argent ancien et breloque.

197 — Poisson formant étui argent ancien.

198 — Châtelaine ancienne, argent, époque Louis XVI.

199 — Châtelaine ancienne, argent, accessoires divers.

200 — Deux étuis et un tire-bouchon anciens argent.

201 — Deux étuis et une chaîne argent ancien.

202 — Trois petits chandeliers anciens argent.

203 — Cachet et coupe agathe monture argent.

204 — Deux boucles et une agrafe anciennes argent et strass.

205 — Quatre aiguillettes et porte-crayon argent ancien.

206 — Petit lot d'objets divers monture argent.

207 — Petits objets de curiosité divers monture argent ancien.

208 — Un lot pendentifs divers monture corail et argent ancien.

209 — Six loupes grossissantes monture argent ancien.

210 — Deux couteaux catalan, un poignard oriental.

211 — Pièces de cinq francs à l'effigie d'Henri V.

212 — Trois pièces mariage argent.

213 — Petit lot de médailles et pièces de monnaie.

214 — Trois pièces de monnaie argent Louis XIV, XV, XVI.

215 — Quatre pièces de monnaie argent Louis XIV, XV, XVI.

216 — Lot objets divers ancien argent.

217 — Deux peignes anciens écaille et argent.

218 — Collier russe en or avec écrin.

219 — Deux porte-or argent ancien.

220 — Médaillon or.

221 — Chaîne de montre or.

222 — Médaillon (forme cœur orné de perles et roses monture or.

223 — Trois médaillons divers.

224 — Médaillon or Vierge et Christ.

225 — Médaille argent.

226 — Médaille corail monture or.

227 — Dé or.

228 — Dé or.

229 — Agrafe ancienne or et corail.

230 — Deux épingles de cravates or et corail et scarabé.

231 — Broche en or ancienne ornée de roses et camées.

232 — Bague marquise or et argent ancien.

233 — Bague argent ancien.

234 — Bague or ornée de roses.

235 — Deux pendants d'oreilles monture or et pierres bleues.

236 — Deux bagues or, rubis, perles et roses

237 — Deux boucles d'oreilles orientales argent et corail.

238 — Deux boucles d'oreilles or et roses anciennes.

239 — Quatre paires boucles.

240 — Quatre paires boucles d'oreilles anciennes partie argent et or.

241 — Quatre **broches** or et argent ancien.

242 — Trois paires boucles d'oreilles argent et or.

243 — Croix argent pierres fines, et perles.

244 — Croix ancienne en or.

245 — Croix ancienne, argent et or.

246 — Trois pendants de cou anciens en argent.

247 — Trois pendants de cou anciens en or et argent.

248 — Trois croix anciennes, argent et or.

249 — Croix et une broche anciennes vermeil.

250 — Quatre pendants de cou anciens argent et pierres fines.

251 — Broche or ancien lapis-lazuli.

252 — Tête d'homme corail.

253 — Breloque améthyste et cristal de roche.

254 — Broche et chaîne argent et bracelet agathe.

255 — Chapelet ancien argent.

256 — Chapelet ancien monture argent.

257 — Chapelet ancien, argent et deux médailles.

258 — Chapelet monture argent.

259 — Dizaine monture vermeil et lapis-lazuli.

260 — Chapelet ancien monture argent, agathe et
et corail.

261 — Un collier et deux bracelets et coiffure
orientale.

262 — Trois bracelets et colliers pierres diverses.

263 — Collier ancien lapis-lazuli, corail et pierres
diverses.

264 — Collier corail et lapis-lazuli.

265 — Collier corail et pierres diverses.

266 — Collier corail et pierres diverses.

267 — Trois colliers verroterie.

268 — Collier corail et verroterie.

269 — Collier corail coquillage et verroterie.

270 — Collier corail et pierres diverses.

271 — Collier verroterie.

272 — Collier verroterie.

273 — Sept colliers divers en verroterie.

274 — Collier oriental, monture argent et corail.

OBJETS DE CURIOSITÉ

275 — Coffret Tonkin incrustation nacre.

276 — Coffret marqueterie de bois.

277 — Pupitre papeterie incrustation cuivre et écaille.

278 — Nécessaire à coiffer, matière argenté

279 — Divinité indienne bois sculpté.

280 — Vasque persane gravée, en bronze.

281 — Vasque persane gravé en petite.

282 — Cruche cuivre rouge repoussé.

283 — Chaudron cuivre rouge repoussé.

284 — Tambour et baguette d'orchestre.

285 — Tambour et baguette de Thibouville-Lamy.

286 — Violon, deux archets et boîte.

287 — Instrument à cordes tonkinois.

288 — Instrument à cordes.

289 — Guitare indienne.

290 — Hachette, lance et fer de hallebarde.

291 — Ceinture, plume et son étui.

292 — Ceinture congolaise.

293 — Deux noix de coco sculptées.

294 — Casse-tète fléau et amulette.

295 — Theière métal anglais.

296 — Fontaine à mains et son support.

297 — Paire de flambeaux en bronze, époque Louis XV.

298 — Paire de flambeaux en bronze, époque Régence.

299 — Lampe ancienne en fer.

300 — Chandelier ancien en fer et deux vases bronze et marbre.

301 — Paire de candélabres bronze.

301 *bis* — Chimère japonaise en bronze, brûle-parfum et socle.

LIVRES

302 — Vingt-neuf volumes reliés, Alphonse Karr, 1839-1846.

303 — Trois volumes reliés, Alphonse Karr.

304 — Un volume relié Alphonse Karr.

305 — Huit volumes reliés Bellot-Pfeiffer-Duret, etc., etc.

306 — Huit volumes reliés, Lord Byron, Œuvres, et correspondances.

307 — Trois volumes reliés, traduction de Lemestre de Sacy, 1837.

308 — Dix volumes reliés, Michelet. Romans divers.

309 — Dix-neuf volumes brochés. Michelet. Histoire de France.

310 — Neuf volumes brochés, Michelet. Histoire de la Révolution française.

311 - Trois volumes brochés, Victor-Hugo.

312 — Trois volumes brochés, Voltaire.

313 — Cinq volumes reliés, Louis Figuier. Savants illustres.

314 — Douze volumes reliés. Auteurs divers.

315 -- Six volumes brochés et reliés, De Beauchesne et Hudson Lowe.

316 — Cinq volumes reliés, Staff.

316 *bis* — Trois volumes reliés, De Labedolier.

317 — Sept volumes reliés, Henri Martin. Histoire de France.

318 — Cinq volumes reliés, Gustave Thierry. Romans divers.

319 — Douze volumes reliés, Lentéric, Mérimée.

320 — Douze volumes reliés, auteurs divers.

321 — Huit volumes brochés, Frédéric Masson.

322 — Quinze volumes reliés, Lamartine.

323 — Dix volumes reliés, auteurs divers.

324 — Quinze volumes reliés, Capefigue.

325 — Quinze volumes reliés, auteurs divers.

326 — Dix volumes reliés, auteurs divers. Histoire.

327 — Dix volumes reliés. auteurs divers. Histoire.

328 — Quinze volumes reliés, auteurs divers.
Romans.

329 — Seize volumes reliés, auteurs divers. Romans.

330 -- Cinq volumes reliés, Corneille-Lacordaire,
etc., etc.

331 — Fort lot volumes reliés et brochés.

332 — Fort lot romans brochés. auteurs divers.

TABLEAUX

333 — Dessin encre de Chine, par Félix Régamey.

334 — Aquarelle, Chats de Ménard.

335 — Deux estampes japonaises anciennes.

336 — Deux estampes japonaises anciennes.

337 — Deux estampes japonaises anciennes.

338 — Deux aquarelles encadrées.

339 — Une estampe japonaise sur soie, encadrée.

340 — Deux gravures encadrées.

341 — Dessin crayon noir et une gravure colo-
riée.

342 — Deux peintures sur porcelaine, encadrées.

343 — Gravure d'après Gustave Doré.

344 — Médaillon métal sur panneau bois.

MEUBLES

345 — Table triangulaire gothique sculptée.

346 — Console Louis XV marqueterie de bois ornée de bronzes.

347 — Table à tiroir bois de. citronnier, dessus mosaïque marbre Louis XVI.

348 — Fauteuil oriental forme coussin.

349 — Quatre chaises chêne sculpté recouvert moleskine.

350 — Deux chaises anciennes noyer Régence, moleskine.

351 — Deux chaises recouvertes cuir frappé.

352 — Horloge en noyer sculpté de style Louis XVI.

353 — Crédence en chêne sculpté de style Renaissance.

354 — Deux pieds-supports bois noirci sculpté.

355 — Pied bois sculpté, style japonais.

356 — Deux pieds-supports bois noir sculpté. Style japonais.

357 — Pied-support bois noir sculpté. Style japonais.

358 — Pied-support bois de fer sculpté, dessus marbre.

359 — Armoire style tonkinois.

360 — Glace italienne bois sculpté doré. Style Louis XV.

361 — Glace biseautée bois sculpté doré. Style Louis XIV.

362 — Glace biseautée, cadre doré. Style Louis XV.

363 — Jardinière à pied bois sculpté, oiseaux, et vasque persane.

364 — Table style chinois.

365 — Pendule ancienne bois sculpté Louis XV
et socle.

366 — Grande glace, cadre noir et or.

367 — Glace, cadre étoffe.

368 — Carpette moquette Jacquart.

369 — Galerie de foyer en bronze de style
Louis XV.

370 — Lot de gros coquillages.

371 — Lot de coquillages.

372 — Petite bibliothèque en palissandre verni.

373 — Petite vitrine bois de rose et palissandre.

374 — Objets non catalogués.

RED. :

16